AF460319

22 mai 1872

Vente des Mercredi 22 et Jeudi 23 Mai 1872.

SALLE N° 3.

COLLECTION DE M. C. G. [Grapelet]

OBJETS D'ART

ET DE CURIOSITÉ

FAIENCES — VITRAUX

SCULPTURES PAR CLODION

PORCELAINES

BRONZES — MEUBLES

EXPOSITIONS :

PARTICULIÈRE	PUBLIQUE
Le Lundi 20 Mai 1872	*Le Mardi 21 Mai 1872*

Me CHARLES PILLET	M. CH. MANNHEIM
COMMISSAIRE-PRISEUR	EXPERT,
10, rue de la Grange-Batelière.	7, rue Saint-Georges, 7.

Yd 1 8

CATALOGUE

DES

OBJETS D'ART

ET DE CURIOSITÉ

Belles Faïences italiennes et françaises;
Vitraux remarquables du XVIe siècle; Terres cuites par CLODION;
Beau groupe en marbre blanc supportant une coupe en marbre vert antique
et reposant sur un socle en porphyre rouge oriental;
Porcelaines de Chine et du Japon, dont quelques pièces montées en argent;
Belles porcelaines de Sèvres, de Saxe et autres; Belle Pendule du temps de Louis XVI;
Chenets en bronze doré du temps de Louis XV et Louis XVI,
Flambeaux et Candélabres; Bras de cheminée;
Lustres, l'un d'eux en cristal de roche; Beaux meubles du temps
de Louis XV et Louis XVI; Meubles de salon en bois sculpté et doré
du temps de Louis XVI, couvert en satin rouge brodé en soie blanche.

Composant la Collection de M. C. C.

ET DONT LA VENTE AURA LIEU

HOTEL DROUOT, Salle N° 3

Les Mercredi 22 et Jeudi 23 Mai 1872.

A DEUX HEURES.

Par le ministère de Me **CHARLES PILLET**, Commissaire-Priseur,
10, rue de la Grange-Batelière.

Assisté de M. **CHARLES MANNHEIM**, expert, rue Saint-Georges, 7.

Chez lesquels se distribue le présent Catalogue.

EXPOSITIONS { *PARTICULIÈRE* : le *Lundi* 20 *Mai* 1872
PUBLIQUE : le *Mardi* 21 *Mai* 1872

DE UNE HEURE A CINQ HEURES.

D05412

CONDITIONS DE LA VENTE.

Elle sera faite au comptant.

Les adjudicataires payeront *cinq pour cent* en sus des enchères.

L'exposition mettant le public à même de se rendre compte de l'état des objets, il ne sera admis aucune réclamation une fois l'adjudication prononcée.

Paris. — Typ. Pillet fils aîné, 5, rue des Grands-Augustins.

DÉSIGNATION DES OBJETS

SCULPTURES

1 — Terre cuite.—Deux charmantes petites statuettes par Clodion. — Jeunes satyre et satyresse, dans l'attitude de la course et portant un nid d'oiseaux. Socles en marbre garnis de bronze doré.

2 — Marbre blanc. — Groupe de trois femmes drapées, debout et accolées, supportant une large coupe ronde en marbre vert antique ; le tout reposant sur un fût de colonne en porphyre rouge oriental, orné d'un tore de laurier en bronze ciselé et doré, avec plynthe en granit d'Egypte. Beau travail du temps de Louis XVI. — Haut. totale, 2 m. 15 cent.; diam. de la coupe, 60 cent. Collection Rattier.

3 — Belle Coupe ronde sur piédouche, en granit vert et blanc, garnie d'une belle monture en bronze ciselé et doré à deux anses, par les frères Fanière. Socle en marbre grand antique.

4 — Belle Horloge à cadran tournant, placée dans un vase en albâtre orientale sculpté à cannelures et garni de modillons et anses à doubles serpents en bronze ciselé et doré au mat.

Ce vase repose sur un fût de colonne cannelée également en albâtre oriental, à modillons de bronze doré et plynthe en marbre petit antique. — Haut. du socle, 1 m. 29 cent.; haut. du vase, 78 cent.

FAIENCES ITALIENNES

5 — Fabrique d'Urbino. — Grand plat rond à ombilic, décoré de grotesques sur fond blanc et d'une frise de figures allégoriques ; armoiries au marli.

6 — Même fabrique. — Coupe ronde à côtes, décorée du sujet de Tobie et l'Ange.

7 — Même fabrique. — Coupe analogue ; Moïse dans le camp des Hébreux.

8 à 13 — Même fabrique. — Six petits plats ronds, décorés de sujets variés en couleurs. Ils seront vendus séparément.

14 — Même Fabrique. — Petit plat rond, décoré de grotesques sur fond blanc, et portant au centre un double écusson d'armoiries.

15 — Fabrique de Pesaro. — Beau plat rond, à décor à reflets métalliques rouge rubis et bleu nacré. Au centre, femme assise et enfant, avec inscription sur banderolle. Au bord, imbrications et ornements.

16 — Même Fabrique. — Plat rond analogue à celui qui précède. Au centre, un daim au galop.

17 — Fabrique de Faenza. — Jolie coupe ronde à couvercle, décorée de feuillages et de têtes de chérubins en relief. La coupe offre à l'intérieur une tête de femme casquée sur fond bleu.

18 — Même Fabrique. — Trois fonds de plats, l'un d'eux décoré d'un buste de femme, et les deux autres d'une figure d'Orphée.

19 — Même Fabrique. — Joli petit plat offrant, au centre, la figure de sainte Catherine et décoré au marli de têtes de chérubins, de mascarons, de corbeilles de fleurs et d'ornements. Au revers, la lettre B.

20 — Même Fabrique. — Joli petit plat ou *cuppa amatoria*, décoré de grotesques en camaïeu bleu sur fond gros bleu et offrant, au centre, une figure de femme.

21 — Même Fabrique. — Plat rond analogue à celui qui précède.

22 — Fabrique Italienne. — Deux très-grands vases à anses feuillagées et à couvercles, décorés sur une de leurs faces de sujets bibliques en camaïeu bleu, et sur l'autre, d'écussons armoriés et de fleurs en couleurs. Socles en marbre.

23 — Fabrique hispano-mauresque. — Plat rond, décoré de feuillages à reflets mordorés et portant au centre un écusson armorié en bleu sur fond mordoré.

24 — Même Fabrique. — Grand plat rond à côtes en spirale en relief et décor à reflets mordorés rehaussés de filets bleus ; au centre de l'ombilic est un écusson armorié.

25 — Même Fabrique. — Petit plat rond à décor mordoré.

FAIENCES FRANÇAISES ET AUTRES

26 — Fabrique de Rouen. — Très-grand et beau plat décoré d'une rosace et de beaux ornements en camaïeu bleu.

27 — Même fabrique. — Autre très-grand plat à décor de même style en bleu et rouille.

28 — Même fabrique. — Grand bassin ovale, à anses têtes de lion, décoré d'ornements au pourtour, et offrant à l'intérieur le sujet de Diane et Actéon.

29 — Fabrique de Moustiers. — Deux cache-pots, décor polychrome à médaillons encadrés de fleurs et représentant le Triomphe d'Amphitrite et de Bacchus; Orphée charmant les animaux et Flore entourée d'Amours.

30 — Fabrique de Niderwiller. — Jardinière de forme cintrée, décorée de paysages avec figures et de pilastres cannelés et marbrés.

31 — Même fabrique. — Trois jardinières à dessin rayé vert, jaune, rouge et bleu, et décorées de médaillons d'oiseaux en camaïeu rouge.

32 — Fabrique de Strasbourg. — Jardinière carrée, décor polychrome à fleurs et ornements gaufrés en relief.

33 — Fabrique de Moustiers. — Deux petits cache-pots décor en camaïeu bleu dans le style de Berain.

34 — Fabrique de Strasbourg. — Corbeille ovale à ornements découpés à jour et décorés en camaïeu rouge.

35 — Deux petites Corbeilles rondes décorées de fleurettes en camaïeu bleu.

36 — Fabrique de Lorraine. — Jolie pendule modèle rocaille, décorée d'ornements bleu et or, et surmontée d'un groupe de deux génies ailés. Mouvement de Bellot, à Toul.

37 — Fabrique de Delft. — Deux jolis vases forme gourde à côtes, décor polychrome à fleurs et oiseaux.

38 — Même fabrique. — Deux gourdes à décor en camaïeu bleu.

39 — Faïence allemande (?). — Chauffe-pieds décoré d'armoiries et de cariatides ailées, émaillées en couleurs sur fond bleu et brun.

VITRAUX

40 — Grand et beau Vitrail; au centre, personnages agenouillés; près d'eux, un homme armé d'un glaive. Pièce rare émaillée de belles couleurs. xvie siècle.

Collection Rattier.

41 — Quatre jolis Vitraux à figures et ornements peints en camaïeu jaune rehaussé de rouge. Belles compositions du xvie siècle.

Collection Rattier.

42 — Très-grand et beau Vitrail, émaillé de belles couleurs; Anges sonnant de la trompette, surmontés de Chérubins et du Saint-Esprit, sous un portique à colonnes richement ornées.

Pièce capitale provenant de la collection Rattier.

43 — Joli Vitrail de la fin du xve siècle, en largeur, représentant des écussons armoriés et deux personnages agenouillés; l'homme porte l'armure du xve siècle. Date de 1492.

Collection Rattier.

44 — Deux magnifiques Vitraux peints en grisaille et rehaussés de jaune représentant des figures et des ornements du xvie siècle, et portant les croissants de Diane de Poitiers et le monogramme de Catherine de Médicis, surmontés de la couronne royale soutenue par des figures de Renommées.

Collection Rattier. Ils proviennent, dit-on, du château d'Anet.

45 — Vitrail en largeur décoré de deux médaillons ovales, l'un à paysage, l'autre à armoirie, encadrés de figures et ornements en grisaille.

Collection Rattier.

46-48 — Douze petits Vitraux ronds à sujets de personnages et armoiries.

Collection Rattier. Ce lot sera divisé.

49 — Vitrail composé de deux sujets : saint Pierre et saint Paul; la Vierge portant l'enfant Jésus et saint personnage.

50 — Vitrail représentant saint Martin partageant son manteau.

51 — Petit Vitrail à armoiries.

OBJETS VARIÉS

52 — Coupe ronde en verre vert de Venise, à godrons, et portant des traces de dorures. XVIe siècle.
Collections Debruge et Rattier.

53 — Deux petits Flambeaux du temps de Louis XIII, en bois sculpté.

54 — Deux Flacons en verre de Bohême taillé, décorés de figures et de fleurs émaillées en couleurs.

55 — Trois petits Flacons en verre gravé et bouchons en argent gravé.

56 — Quatre Flacons analogues, mais sans bouchons.

PORCELAINES DE CHINE ET DU JAPON

57 — Belle Coupe ronde à couvercle en ancien céladon vert d'eau gaufré à fleurs, garnie d'une riche monture rocaille du temps de Louis XV en bronze ciselé et doré, composée d'un socle, d'une gorge découpée à jour, de deux anses et d'un large ornement à feuillages formant le dessus du couvercle.

58 — Petit Vase de forme surbaissée en ancienne porcelaine de Chine gaufrée à feuilles sur fond bleu. Monture à anses, gorge à jour et socle en bronze doré à ornements rocaille du temps de Louis XV.

59 — Deux beaux Vases forme balustre hexagone à couvercles en ancienne porcelaine de Chine, décorés de figures dans des paysages sur fond filigrané d'or. Monture rocaille à anses en bronze doré.

60 — Deux grandes et belles Potiches à couvercles en ancienne porcelaine du Japon, décorées de médaillons de paysages et de fleurs en bleu, rouge et or.

61 — Beau Sucrier à couvercle en ancienne porcelaine du Japon, à décors de fleurs et arbustes en bleu rouge et or. Monture du temps de Louis XIV en argent ciselé.

62 — Deux petits Sucriers à couvercles en ancienne porcelaine de Chine, décorés de vases et d'attributs en émaux de la famille verte. Monture en argent gravé du temps de Louis XIV.

63 — Deux jolis Cache-pots en ancienne porcelaine du Japon, décorés de fleurs en bleu, rouge et or, garnis d'une monture à anses en argent ciselé du temps de Louis XIV.

64 — Deux jolis Flambeaux en ancienne porcelaine de Chine décorés de fleurs et garnis d'une monture en argent Louis XIV.

65 — Petite Coupe ronde à couvercle en ancienne porcelaine de Chine montée en argent. Époque Louis XIV.

66 — Petit Cache-pot à deux anses en ancienne porcelaine de Chine craquelée gris. Monture à anses en bronze doré.

67 — Deux Flambeaux en ancienne porcelaine du Japon à décors en bleu, rouge et or.

68 — Deux Cache-pots forme droite à anses têtes chimériques en ancienne porcelaine de l'Inde, décorés de fleurs et d'armoiries rehaussées d'or.

69 — Deux tabourets en terre émaillée de la Chine à ornements découpés à jour et à fond vert jaspé.

70 — Vase forme balustre à double losange en porcelaine craquelée gris de la Chine, anses à têtes d'éléphants. Socle en bois sculpté.

71 — Deux Corbeilles rondes avec plateaux en ancienne porcelaine de l'Inde, décorées de fleurs et d'ornements.

72 — Corbeille ovale avec plateau de même porcelaine, à deux anses et décorée de figures.

PORCELAINES DE SÈVRES

73 — Cabaret solitaire en ancienne porcelaine de Sèvres, pâte tendre, fond à œils-de-perdrix bleu turquoise, bords à rinceaux d'or et à roses et muguets en couleurs. Il se compose d'un plateau ovale à contours, d'un sucrier et d'une tasse de forme arrondie avec soucoupe. Epoque Louis XV. Collection Rattier.

74 — Belle Ecuelle avec couvercle et plateau en ancienne porcelaine de Sèvres, pâte tendre, décorée de beaux médaillons d'oiseaux et fond blanc orné d'un quadrillage rouge encadrant des bleuets, le tout rehaussé d'or. Epoque Louis XV. Collection Rattier.

75 — Tasse de forme arrondie avec soucoupe en ancienne porcelaine de Sèvres, pâte tendre, décor dit à feuille de choux, à guirlandes et bouquets de fleurs. Collection Rattier.

76 — Tasse droite avec soucoupe en ancienne porcelaine de Sèvres, pâte tendre, fond rosé à œils-de-perdrix d'or et médaillons de roses et myosotis. Epoque Louis XVI.

77 — Ecuelle avec plateau et couvercle en vieux Sèvres, pâte tendre, décorée de fleurettes et de bandes bleues rehaussées d'or.

78 — Petit Vase forme œuf en vieux Sèvres, pâte tendre, décoré d'enfants Boucher en camaïeu bleu et monté en bronze doré.

79 — Tasse droite avec soucoupe en vieux Sèvres, pâte tendre, décorée de roses encadrées d'or.

80 — Autre Tasse de même porcelaine, à œils-de-perdrix sur fond bleu et fleurettes sur fond blanc. Elle porte l'initiale C.

81 — Deux jolis Seaux en ancienne porcelaine de Sèvres, pâte tendre, décorés de fleurs et rehaussés de hachures et filets bleus.

82 — Deux Seaux de mêmes modèle et décor que ceux qui précèdent.

83 — Deux petits sucriers en vieux Sèvres, pâte tendre, l'un d'eux fond bleu de Vincennes, à médaillons de fleurs, et l'autre à fleurs, festons de lauriers et bords bleus quadrillés.

84 — Tasse et Soucoupe en vieux Sèvres, pâte tendre, décorées de dentelles d'or.

85 — Six Tasses en porcelaine de Sèvres, pâte dure, de décors variés.

86 — Très-petit Vase en Sèvres dur, fond gros bleu et guirlandes en relief. Les ors ont été refaits.

87 — Écritoire formée d'une soucoupe en vieux Sèvres, pâte tendre, fond gros bleu à médaillons d'oiseaux. Monture en bronze ciselé et doré.

88 — Deux flambeaux du temps de Louis XVI en porcelaine dure, l'un décoré de myosotis, l'autre de fleurs et d'ornements.

89 — Deux Vases forme amphore élancée en porcelaine moderne de Sèvres, fond gros bleu à anses en bronze doré à mascarons.

90 — Deux petits Vases ovoïdes à deux anses en porcelaine de Sèvres, pâte dure, fond gros bleu, décorés de platine et d'or.

91 — Six tasses droites avec soucoupes en porcelaine de Sèvres du temps de Charles X, à décors variés.

PORCELAINES DE SAXE ET AUTRES

92 — Deux jolis petits Cache-pots, à deux anses formées de branchages en ancienne porcelaine de Saxe, décorés de fleurs et bordures à rosaces sur fond vert.

93 — Deux petits Vases à couvercles à côtes en ancienne porcelaine de Saxe, décorés de fleurs et montés en cuivre doré à gorge filigranée.

94 — Deux Flambeaux bas en porcelaine de Vienne, décorés de fleurs.

95 — Deux petits Vases à deux anses en porcelaine de Saxe, décorés de fleurs sur socles rocaille découpés à jour entourés de branches de fleurs en relief.

96 — Bourdaloue en ancienne porcelaine de Saxe, décoré d'oiseaux et de fleurs en relief émaillés en couleurs.

97 — Cabaret en ancienne porcelaine de Chantilly, décoré de quadrillages bleus et décor d'or. Il se compose de douze tasses et trois grandes pièces.

98 — Tête-a-tête en ancienne porcelaine de Saxe, décoré d'imbrications d'or sur fond bleu. Il se compose de deux tasses avec soucoupes et cuillers, un plateau ovale et quatre grandes pièces.

99 — Deux jolies Jardinières de forme cintrée en porcelaine du temps de Louis XVI, décorés de fleurs et d'ornements d'or.

100 — Cache-pot en ancienne porcelaine de Chantilly, décoré de fleurs de style chinois et monté à anses feuillagées en bronze doré.

101 — Vase forme balustre en ancienne porcelaine blanche, monté à anses mufles de lions, pied et gorge en bronze doré du temps de Louis XVI.

102 — Tasse à deux anses avec soucoupe en ancienne porcelaine de Saxe, décorée de fleurs.

103 — Boite forme fleur et plateau forme feuille en ancienne porcelaine de Saxe.

104 — Pot a crème en ancienne porcelaine blanche de Saint-Cloud, avec monture en argent.

105 — Dix-huit Assiettes et deux compotiers en ancienne porcelaine de Chantilly, à bords gaufrés et décor de fleurs.

106 — Quatorze Assiettes de même porcelaine, décorées de fleurs.

107 — Bourdaloue en ancienne porcelaine de Chantilly, décoré de fleurs.

108 — Quatre petits Vases en porcelaine de Saxe, décorés de fleurs.

109 — Deux petits Seaux en ancienne porcelaine de Mennecy, décorés de fleurs.

110 — Deux petits Seaux en ancienne porcelaine blanche de Tournay, à décor d'or.

111 — Trois Corbeilles en ancienne porcelaine de Worcester, décorées en camaïeu bleu. L'une d'elles a un couvercle.

112 — Corbeille ronde sur piédouche en porcelaine de Saxe, à décor en camaïeu bleu.

113 — Corbeille ronde à deux anses formées de branchages et fleurettes en relief en ancienne porcelaine de Saxe.

114 — Deux Flambeaux en porcelaine moderne de Saxe, décorés de figures et de roses sur fond d'or.

115 — Deux Vases du temps de Louis XVI en porcelaine dure, de forme ovoïde, décorés de feuilles et d'ornements en relief émaillés bleu et rouge, et enrichis de quatre mascarons têtes de femmes encadrés de fleurs.

116 — Vingt-quatre Couteaux à manches en ancienne porcelaine de Chantilly, à décor de style chinois.

117 — Six Manches de couteaux de même porcelaine, à décor en camaïeu bleu.

118 — Douze Manches de couteaux en vieux Saxe, décorés de fleurs.

119 — Six Couteaux à manches en ancienne porcelaine de l'Inde, décorés de fleurs.

120 — Sept Manches de couteaux en porcelaine d'Allemagne, décorés de fleurs.

BRONZES

121 — Grande et belle Pendule du temps de Louis XVI, en bronze doré au mat sur socle en marbre griotte; modèle à consoles et cassolette supportée par quatre pieds et têtes de béliers. Mouvement à quantième et jours de la semaine, de Robin.

122 — Deux Vases ovoïdes en bronze bleui et à anses ornées en bronze doré au mat. Époque Louis XVI.

123 — Deux grands et beaux Chenets du temps de Louis XV, en bronze doré, ornés de lions assis reposant sur des socles riches.

124 — Deux grands et beaux Chenets du temps de Louis XVI, en bronze doré, modèle à vases et galeries ornées chacune d'une figure d'enfant assis, tenant un étendard, un bouclier, etc.

125 — Deux beaux Candélabres du temps de Louis XV, à cinq lumières chacun, modèle rocaille en bronze doré, enrichis de coqs sur rochers en ancienne porcelaine de Chine.

126 — Deux jolis Flambeaux formés de vases ovoïdes en bronze vert, à anses têtes de béliers en bronze doré et socles en granit rose oriental. Époque Louis XVI.

127 — Deux grands Flambeaux en bronze ciselé et doré à tiges cannelées. Époque Louis XVI.

128 — Deux Flambeaux Louis XIV en bronze ciselé et doré, décorés de bustes et de trophées d'armes.

129 — Deux jolis petits Flambeaux à deux lumières, modèle de Boulle en bronze finement ciselé et doré.

130 — Deux Flambeaux Louis XVI en bronze doré, modèle à canaux creux.

131 — Deux autres Flambeaux Louis XVI en bronze doré.

132 — Deux Flambeaux en marbre griotte et bronze doré. Même époque.

133 — Deux petits Vases en verre taillé, montés en bronze doré à festons de lauriers et rubans. Époque Louis XVI.

134 — Jolie petite Pendule Louis XV, modèle rocaille, en bronze ciselé et doré. Le socle est moderne. Mouvement de *Ladmyrauld*, à Paris.

135 — Pendule Louis XVI, en bronze doré au mat et socle en marbre griotte. Deux chiens couchés supportent le mouvement, qui est surmonté d'une figure d'Amour.

136 — Deux petits Candélabres forme vase en bronze à trois branches d'œillets en bronze doré au mat; socles en marbre griotte.

137 — Joli petit Cartel en bronze ciselé et doré, modèle à mascarons et vase et mouvement à tirage.

138 — Deux grands Flambeaux en bronze doré, supportés par trois figurines d'Amours debout.

139 — Lanterne en bronze ciselé et dorée ornée de rubans et de panaches. Époque Louis XVI.

140 — Lanterne analogue, mais plus grande.

141 — Cartel Louis XVI en bronze, orné de festons de lauriers. Mouvement *de Lamy, horloger de monseigneur le Dauphin.*

142 — Vase en bronze avec couvercle et plateau, orné de figurines en ronde bose et de mascarons. Travail moderne.

143 à 148 — Six belles paires de bras en bronze doré à trois branches reliées par des festons de lauriers. Une paire date du temps de Louis XVI, les cinq autres ont été exécutées par les frères Fanière.

149 — Deux jolis petits bras Louis XV, modèle rocaille, en bronze doré à deux lumières.

150 — Deux autres petits bras à deux branches de roses, porte-lumière en bronze doré au mat. Le carquois est surmonté d'un groupe de colombes.

151 — Deux petits lions en bronze du temps de Louis XIV sur socles modernes en marqueterie.

152 — Vase ovoïde en albâtre garni de têtes de lion en bronze doré.

153 — Deux petits bras à une lumière en bronze doré, du temps de Louis XIV.

154 — Monture de coupe en bronze doré, composée d'un socle, d'un culot et de deux anses à cariatides de syrènes ailées.

155 — Grand lustre en cristal anglais.

156 — Lustre en bronze, modèle à consoles, garni de cristaux de roche, à douze lumières.

157 — Petit Lustre de style gothique en cuivre à neuf lumières, orné de figurines et d'armoiries.

158 — Lustre analogue à celui qui précède, mais à six lumières.

MEUBLES

159 — Beau meuble d'entre-deux en bois d'acajou, du temps de Louis XVI, richement garni de bronze ciselé et doré à frise de roses et ornements. Il offre sur ses côtés cintrés quatre colonnes à cannelures, en spirale, incrustées de cuivre poli, avec chapiteaux en bronze doré. La porte est ornée d'un large écusson armorié en bronze doré et le dessus de marbre blanc est orné d'un rang de perles.

160 — Grande et belle console en bois sculpté et doré, à fleurs et ornements en or de couleur. L'entre-jambes est orné d'un vase de fleurs et le dessus est formé par une tablette en marbre brèche d'Alep. Style Louis XVI.

161 — Beau meuble de salon en bois sculpté et doré du temps de Louis XVI, couvert en satin cramoisi, brodé à fleurs et ornements en soie blanche. Il se compose de : deux petits canapés, six fauteuils et six chaises. Deux fauteuils et deux chaises ne sont pas montés.

162 — Quatre rideaux en satin cramoisi brodé blanc comme le meuble qui précède.

163 — Tenture de salon en quatre panneaux en satin cramoisi formant environ 75 m. de satin de 55 cent. de largeur.

164 — Belle chaise longue en deux parties, en bois sculpté et doré, couverte de satin cramoisi brodé blanc à fleurs comme le meuble ci-dessus et accompagnée de trois coussins. Époque Louis XVI.

165 — Grand fauteuil en bois sculpté et doré du temps de Louis XV, couvert en tapisserie au petit point, à larges fleurs.

166 — Fauteuil analogue à celui qui précède, mais plus petit.

167 — Deux Tabourets du temps de Louis XVI, en bois sculpté et doré, couverts en velours peluche cramoisi foncé et fleurettes blanches.

168 — Tabouret en bois doré Louis XIV, couvert en velours de Gênes, à dessins rouges sur fond blanc. Frange rouge et or.

169 — Six Chaises en bois d'acajou et cuivre poli, à dossiers ornés d'une lyre et couvertes en drap ponceau.

170 — Bureau a cylindre du temps de Louis XVI, en bois d'acajou, garni de bronze ciselé et doré. Largeur, 1 m. 30.

171 — Guéridon de Style Louis XVI à dessus de marbre blanc et galerie découpée à jour, sur pied à balustre et consoles en bois de citron et d'amaranthe, garni d'ornements et draperies en bronze ciselé et doré au mat.

172 — Guéridon rond en bois d'acajou avec quart de rond en bronze doré et pied à colonne cannelée. Style Louis XVI.

173 — Bureau plat style Louis XIV en marqueterie de cuivre et écaille première partie, garni de bronze doré et à dessus de velours violet.

174 — Joli bureau à dos d'âne du temps de Louis XIV, en laque noir à décor de paysages en relief et ornements en bronze ciselé et doré.

175 — Petite Commode à deux tiroirs en laque noir à décor d'or, garnie d'ornements rocaille en bronze doré et à dessus de marbre brèche d'Alep.

176 — Petite Table à ouvrage de forme ronde avec porte à coulisse, tiroirs à l'intérieur et tablettes d'entre-jambes, en marqueterie de bois de rose garnie de bronze doré et à dessus orné d'une plaque de vieux Sèvres, pâte tendre, décorée de roses. Époque Louis XVI.

177 — Guéridon à deux tablettes et marbre portor et monture à trépieds en bronze doré. Époque Louis XVI.

178 — Petite étagère Louis XVI en bois d'acajou sur pieds cannelés et moulures en cuivre. Le dessus forme vitrine.

179 — Table a ouvrage de forme contournée sur pieds genre bambou en bois de palissandre doré en partie et galerie de cuivre doré.

180 — Table pareille à celle qui précède.

181 — Petite table à ouvrage de forme ovale en marqueterie de bois à fleurs reposant sur quatre pieds cintrés.

182 — Table carrée en bois de citron et incrustations de bois noir sur pieds cannelés incrustés de cuivre et dessus de marbre brocatelle.

183 — Écran en bois noir sculpté, garni de moire rouge et bouquet de fleurs brodé en soie de couleurs.

184 — Petit meuble à deux portes en marqueterie de bois à quadrilles et damier garni de bronzes dorés. Époque Louis XVI.

185 — Toilette de forme contournée enbois d'acajou garnie de bronzes dorés.

186 — Jolie petite étagère ou guéridon rond reposant sur trois pieds et à trois compartiments en marqueterie de bois de rose et trophée de musique. Époque Louis XV.

187 — Deux consoles cintrées reposant sur quatre colonnes et entre-jambes, en bois sculpté et doré; dessus de marbre blanc. L'une d'elles date du temps de Louis XVI.

188 — Grande et belle glace biseautée avec cadre en bois d'ébène sculpté à figures et ornements et moulures guillochées.

189 — Glace de Venise avec cadre en bois doré et compartiments de glace en verre bleu.

190 — Glace carrée avec cadre à moulures en marqueterie d'écaille, cuivre et étain. Époque Louis XIV.

191 — Glace de style Louis XIII à fronton avec cadre en bois noir et appliques en cuivre estampé.

192 — Deux Jardinières, forme dite athénienne, en bois d'acajou et bronze doré.

193 — Guéridon ovale en marbre vert antique sur pied en bronze doré en partie.

194 — Miroir de toilette du temps de Louis XIV de forme cintrée et biseauté avec cadre en marqueterie de cuivre sur écaille, première partie, à figures, oiseaux et ornements.

195 — Petit miroir carré biseauté avec cadre de même travail très-soigné.

196 — Bois de meuble de salon, composé de six fauteuils et un canapé en bois sculpté du temps de Louis XVI.

197 — Grand canapé du temps de Louis XVI en bois sculpté et doré, garni, mais non couvert.

198 — Canapé Louis XV en bois sculpté à fond noir et rehaussé d'or, non garni.

199 — Deux petits tabourets en bois de noyer sculpté couverts en velours bleu clair.

www.ingramcontent.com/pod-product-compliance
Ingram Content Group UK Ltd.
Pitfield, Milton Keynes, MK11 3LW, UK
UKHW020217180726
13838UKWH00005B/2054